joão g. junior

nasceu em queimados (rj) em 1993. é professor, historiador, poeta e militante lgbti+. licenciado em história (ufrrj), mestre em história social (uff), pós-graduado em estudos linguísticos e literários (ifrj) e mestrando em sociologia e antropologia (ifcs/ufrj). é pesquisador do núcleo de estudos de sexualidade e gênero (ppgsa-ifcs/ufrj) e do laboratório de estudos de gênero, educação e sexualidades (im-ufrrj). atua como assessor da superintendência de políticas lgbti+ no governo do rio de janeiro. publicou os livros de poemas: *fui a lisboa esquecer um amor* (edições macondo, 2016), *o que ri por último* (patuá, 2020) e *o tédio dos dias variados* (urutau, 2020).

AGORA E NA HORA DE NOSSA MORTE

joão g. junior

editora Urutau
primeira edição
2022

O —

editora Urutau

rua do cajú, 478,
jardim das cerejeiras
06724-015
cotia-sp (brasil)

rua manuel pacheco nobre, 128 - 5º esquerdo
2830-080
barreiro (setúbal)
portugal

[+351] 928053619 [portugal]
[+55] 11 9 4859 2 426 [brasil]

www.editoraurutau.com.br
contato@editoraurutau.com.br

[EDITORA]
debora ribeiro rendelli
[REVISÃO]
ayrton a. badriah
[PROJETO GRÁFICO]
wladimir vaz
[COORDENAÇÃO GRÁFICA]
tiago fabris rendelli
[DIAGRAMAÇÃO]
victor h. azevedo
[CAPA]
victor h. azevedo, sobre fotografia de dylann hendrycks

dados internacionais de catalogação na publicação (CIP) de acordo com ISBD

joão g. junior
J62a agora e na hora de nossa morte / joão g. junior. — cotia: urutau, 2022, 110 p. ; 14cm x 19,5cm.

ISBN: 978-65-5900-304-4

1. literatura brasileira. 2. poesia. i. título.

2022-1956 CDD 869.1
CDU 821.134.3(81)-1

elaborado por vagner rodolfo da silva - CRB-8/9410

sumário

egba rà bó agò mojubá rà
egba koṣe
egba rà bó agò mojubá rà
e mó dé kò e kò
egba rà bó agò mojubá rà
lè gbálè éṣù lonà

egba rà um be bè
tiriri lonà
éṣù tiriri
egba rà um be bè
tiriri lonà
éṣù tiriri

das ruínas

> ocorre-me que talvez estejamos
> vivendo o apocalipse
> ocorre-me que talvez sejamos
> todos o anticristo
>
> ITALO DIBLASI,
> um manifesto, nem isso

heidegger diz que o ser para a morte
é a condição decisiva de toda
liberdade humana verdadeira
que o ser do ser humano é o seu destino
e o nosso destino é o fim
nossa única forma de liberdade máxima

talvez estejamos vivendo o colapso
de todas as velhas profecias
e precisemos escolher entre
o pânico e a felicidade de poder
viver a nossa condição decisiva

tenho sido pessimista com tudo
esperando para ver quando
toda essa merda irá piorar
como acredito que vai piorar
e nesses momentos eu entendo
a grandeza do recolhimento

deus pode até dar o frio conforme o cobertor
mas nós pouco nos importamos com
a qualidade ou a quantidade de cobertores
que possuem os outros enquanto
os nossos nos aquecem
acredito que falhamos no amor

estamos longe dos parques e das praias
para nos salvar a vida e precisamos
ficar longe embora algo esteja
latejando dentro e ninguém goste
de estar preso como os animais
que tanto vimos nos zoológicos

agora sabemos como se sentem
os animais que vemos nos zoológicos
e eu que particularmente nunca gostei
de zoológicos nem de praias
não tenho sentido vontade de nada

tenho pensado na liberdade
no que é a liberdade
na ideia da morte como
a condição máxima para
a verdadeira liberdade humana

talvez já estejamos todos mortos
e este seja o purgatório onde
resolvemos todas as nossas pendências

o tanto que nos afastamos
da santidade do mundo
acredito que precisamos de mais tempo

nada agora importa mais que
os telefonemas que afastam o tédio
melhor seria correr os campos e ruas
como fazem os cavalos nas
cidades pequenas de madrugada
mas ainda precisamos ficar longe

os sinos das igrejas dobram antes de parar
toda vontade carrega um meio para ser realizada
as palavras mantêm acesa a emoção
melhor que fossem canções
porque agora sabemos por que
cantam os pássaros engaiolados

toda revolução tem múltiplas
possibilidades e sempre
a hora certa de se dar
assim como toda condição
tem sua forma de ser

estamos no limite do desconhecido
quem sabe à frente possamos provar
a liberdade e saber o seu gosto
a nossa sorte como uma navalha

um corte ou instante que logo passa
uma porta que cedo ou tarde
há de se abrir
ou se fechar

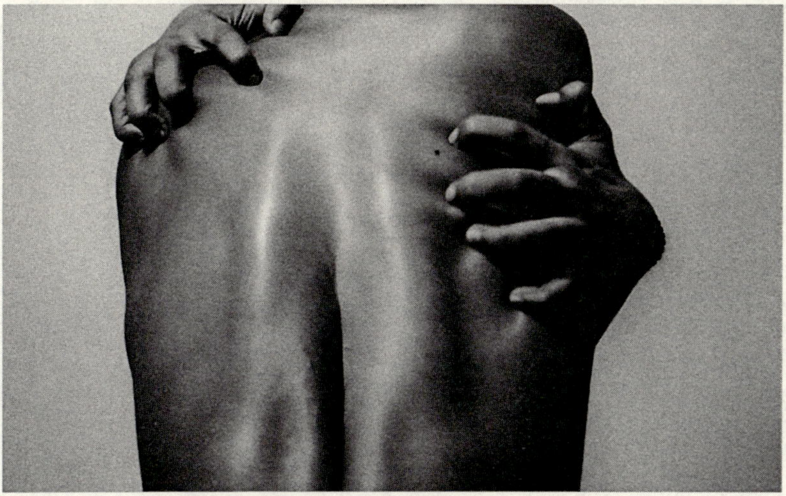

“BEM QUERER”, MATHEUS M. MELLO, 2018.

A ORDEM E O CAOS

não digam que fui rebotalho,
que vivi à margem da vida.
digam que eu procurava trabalho,
mas fui sempre preterida.
digam ao povo brasileiro
que meu sonho era ser escritora,
mas eu não tinha dinheiro
para pagar uma editora.

carolina maria de jesus

periférico

um poeta preto é
um poeta brasileiro é
um poeta latino é
um poeta americano é
um poeta do mundo é
um poeta pelo mundo
                    quase sempre
                                        esquecido

poética brasileira contemporânea

é fácil fazer poesia
qualquer pessoa consegue
mas sendo branco num país racista é ainda mais fácil
sendo homem num país machista é ainda mais fácil
sendo cis e hétero num país lgbtifóbico é ainda mais fácil

é fácil fazer poesia
qualquer pessoa consegue mas
é ainda mais fácil se você não mora na periferia
é ainda mais fácil se você não acorda às 5 da matina
é ainda mais fácil se você não mora fora do eixo sudeste

é fácil fazer poesia
qualquer pessoa consegue mas
se você tem quem te banque é ainda mais fácil
se é amigo de editores é ainda mais fácil
se vai pra flip todo ano é ainda mais fácil

é fácil fazer poesia
dizem
qualquer pessoa consegue

eu venho tentando

a soul whose intentions are good

habituou-se a pintar
unhas de preto
não resolveu o peso no peito

comprou um dildo
nomeou-o brent
não resolveu o vazio

a história de lo-li-ta
corpo quente de macho
nunca foi superada
solidão molha
e ele está inundado

homo sapiens

eu hein james joyce
não tou te entendendo
não adianta insistir
hoje eu não saio

cê tá pior que o ezra
essa noite nem reconhece
o *allegro andante* mas
hoje eu não saio

amanhã tem ato james
joyce e eu sou um animal
político racional
por isso esta noite
tenho cartazes pra fazer

tenho direito ao grito e o grito
é o meu manifesto james
joyce vê se não vai
pela cabeça do ezra ou
vai acabar preso também james
joyce

não há graça nesse teu desterro
é claro que você só esqueceu
de escrever sobre isso eu te entendo
james joyce

é bom não se comprometer
proclamar cuidado com a forma da loucura

mas eu james joyce
sou um animal racional
político idealista apaixonado
amanhã estarei na rua
meu caro
portanto hoje james joyce

eu não saio

meu corpo é o meu protesto

com o pensamento em lubi prates

I.

quando aqui cheguei
me negaram nome e língua

quando aqui cheguei
apagaram minha história

quando aqui cheguei
transformaram meu sexo em objeto

quando aqui cheguei
inventaram meu corpo

mas aqui ainda estou
no corpo preto
meu território

II.

e esses que aí estão
e me querem silenciado
nunca saberão da minha cabeça
dos quatro gomos do obí
das profundezas dos meus passados

esses que aí estão
e me querem silenciado
não sabem nem saberão que sigo
raiz maciça de baobá
atravessando mares continuamente

esses que aí estão
e me querem silenciado
também não querem que eu saiba
qual é o meu lugar
qual exílio me pariu

porque sou um homem preto
vivência bicha
corpo descolonizado
existo num processo antigo
e que nunca acaba

o silêncio ou a subalternização

ainda brota todos os dias
como o sorriso recebido
na manhã fria rompe
o sono do asfalto
persistir tem sido
verbo muito usado

ainda é comum andar
as costas encurvadas
olhando dentro de si
mais que para o chão
em busca de subterfúgios

penso em escrever
e escrevo o que preciso
escrevo porque preciso
minha boca é capaz
de falar tão bem
quanto a dos homens brancos

se tenho fome
preparo a janta e divido
os restos com os animais

me deito na cama quente
sobre os cacos de terra mexida

aqui não se nasce preto
aprende-se a ser
aprende-se a falar
mesmo que o silêncio seja a linguagem

poema ao camelô

gosto de pacatez o persegue
de sol
a sol
sua mucosa
já não entende
sabores
inventou quereres
que não podem
ser trocados
por balas
conhece bem o peso
das moedas
de cinquenta
centavos

a paz

as três crianças pretas vagando
pelo trem sem os pais
ou os três rapazes nus
banhando os corpos magros
nas águas sujas da cidade
nova chance de sobreviver
a persistência do hábito
da paz que habita dentro
minha mãe fala dessa paz
diz que quando a casa está
cheia de moscas é porque vai chover
[?] será que fico triste porque vai chover ou
                    sempre chove quando estou triste
tem chovido muito esses dias
tenho sido muito triste
há grande diferença entre
monólogo e diálogo
perceba
: grande diferença entre o sonho
e o passo tomado
tá lá o corpo estendido no chão
a poça viscosa ao redor
[?] sangue ou água

a paz está no seu limite
por ora as moscas foram embora
assim como o riso
das três crianças
que não vimos juntos
ou os três rapazes
que eu vi sozinho

a violência

eu quero a destruição de tudo que é frágil:
cristãos fábricas palácios
juízes patrões e operários
ROBERTO PIVA, poema porrada

soubesse que era assim não nascia brasileiro
tanta poeira e barulho e prédios e câimbras
faz calor na selva de plânctons gigantes
fosse outro canto talvez sol e chuva não fizessem
dança de òsùmàrè pras crianças da rua
presas deixadas nuas do lado de fora
feliz é a liberdade
                    irresistível nomeá-la
mas não reflete a iminência do inesgotável
                    sobra no silêncio azul
então se alimenta o hiato
devora-se o espaço aberto da praça cercada
crescem as multidões não o amor
de biscate em biscate
                    acabou-se o sonho
agora resta brincar de reis
completamente transparentes
fossem os homens queridos
seriam inúteis as cápsulas
& desnecessária a esmola

banal

coração partido
saltando nauseabundo
na boca da carne
na falta de ouro

quando o invisível
se mostra cinzento
solicitando vinténs
beijos
ou atenção

poucos sentem
a vista mal passada
e os joelhos rodopiando tontos
sobre as pedras do passado

o inestimável passado

o rio de janeiro continua lindo

ver no desenho
das pedras portuguesas
um jogo de amarelinha

pra não temer
andar a cidade
de madrugada

o desemprego

que bom seria poder
escolher um papel higiênico
sempre tantas opções
cheiros e sensações
o queixo cai com o preço
                    [a bunda mela
                                        sem
                              dinheiro]
não há liberdade que ajude
nem possível fuga desta fase
falta vender o corpo
a família
pôr anúncio no jornal
pra   [talvez]
salvar os
cânticos
a voz

família tradicional brasileira

quando solteiro
ele não costuma
ser hétero
disse

epitáfio para um futuro próximo

mesmo na idade de evaporar
ainda ouvirei as vozes
dos que se acham poderosos
dos bípedes que fingem tropeçar
na força exercida por bons-dias educados
sobre a massa do seu silêncio
mas nem um molotov solitário
será capaz de adiantar o fim dos tempos
ou nos salvará da falta de macieiras
& talvez seja isso o que falta
um pouco mais de ódio
contra tanta morte
a revolta necessária
que não ousamos nomear

*

* *

REGISTROS PARA O AMANHÃ IMPROVÁVEL

e quando nós falamos
temos medo que nossas palavras nunca serão ouvidas
nem bem-vindas
mas quando estamos em silêncio
nós ainda temos medo.
então é melhor falar
tendo em mente que
não éramos supostas sobreviver.

audre lorde

coletivo

a avenida brasil
é uma língua sem dentes
sem fim

milhões de gostos a
avenida brasil

[ônibus em latim
: *infirni cilitivi*]

& diárias as pernas
caminham pelo
longo corredor
[*lingi cirridir*]

mãos seguram e guiam
puxam a cigarra
na avenida brasil

o inferno é coletivo
o ônibus para
depois prossegue

segue

[*sigui*]

& a vida continua
até o próximo ponto
ni ivinidi brisil

cidade-bazar

temos
sungas e biquínis

tira-se
xerox

vende-se
sacolé   [todos os sabores]

aluga-se
uma casa

fura-se
poço

compro
: novas emoções

se essa rua fosse minha

você que até pouco tempo não sabia
de mim talvez precise entender
algumas coisas sobre os meus passos
talvez precise entender antes de tudo
que eu existo e precisa saber que

aprendi desde pequeno a avisar dos meus
passos e não silenciar sobre os meus caminhos
para todos ao redor assim como aprenderam
os que vieram antes de mim como
aprenderam todos os meus amigos
da pele negra como a minha

só recentemente entendi
dos privilégios de poder andar
sem destino certo ou aviso prévio
para parente amigo ou amor
apenas quando descobri para quem
foram feitas as ruas e a cidade

eu existo e meus passos são a marca disso
entretanto não foram feitos para a cidade
eu não posso ir sem dizer aonde

as ruas são destinos para pés e
corpos brancos que podem sair
sem avisar seus caminhos
porque é deles a cidade

eu existo mas não posso somente ir
sem dizer aonde porque as chances
de não voltar para quem não é branco
são grandes e absurdas
eis o privilégio que não possuo

por isso você que até pouco tempo não
me conhecia precisa entender que se
aviso aonde vou é por cuidado
por saber que se essa rua fosse
minha eu não precisaria os meus
passos a ninguém avisar
mas ela não é

ciranda

em 1999 a alegria estava nas ruas
eu preferia a calçada
a tranquilidade do nada
os hemisférios começavam pela casa
a textura dos saltinhos sobre corda
os ossos cresciam e crescem neste
presente destinado pelo passado
quando as pipas cortavam o céu
aberto azul puro do lento entardecer
e eu quieto
poeirinha rolando pelo chão
terror dos gritos das mães da vizinhança
& a felicidade numa brisa hermética
[estrutura anacrônica de aspereza enigmática
uma mentira inquieta diferente da morte]
ou quem sabe no som distante de um rap
dos racionais mc's

pode ser que o amargo acabe

assim são as coisas
a transitoriedade dos fatos
as cinzas caídas do céu à tarde
como chuva anunciando
as asas perdidas pelos cupins
embriagados com as luzes

a cidade se transforma quando anoitece
cruzamos avenidas em silêncio
tudo igual em sua imobilidade
jorra com o nosso distanciamento

piva estava certo
a verdade não provém do nada
mas das escolhas que fazemos
dos corações partidos que sussurram
segredam não aguentar mais

na sala de estar

a longa tarde de conversas inúteis
interrompida pelos ratos
saídos da tevê muda
passando apressados pela sala
em direção ao quarto
[feito gente sem tempo
que corre na chuva usando
chinelos de dedo]
causando medo
surpresa tamanha
que o silêncio labiríntico ensurdecedor
secando cigarros em copos d'água
impediu que ouvissem
o telefone tocar
o grito ecoar
os rumores da guerra
do lado de fora

sobre pássaros voando na siqueira campos

você devia ter me ouvido melhor
: não sei disfarçar
a frouxidão
dos meus sentimentos
nestes números de tatuagens

meus dedinhos enrugados
temem cortar-se
na seda dos teus cachos

your white skin reflete
a paisagem
iluminada
cuecas e beijos
& cigarros de palha

busquei delicadas flores
para te dar
mas não somos verlaine e rimbaud

o que persiste
é a nossa miragem
se esfregando nas coisas

páscoa

naqueles dias de pão, vinho e bomba atômica
jesus, o que teria sido inseminado por um dito espírito santo
no ventre [virgem] de dona maria, todo nos trinques passou
[pelo mundo
mas incompreendido pela burocrática e falsa sabedoria humana
foi condenado sem liturgias ou psicotrópicos à mansão dos mortos
padeceu sob seu pôncio pilatos
[que mandava naquelas bandas com chinelas de couro]
dizem que foi morto, sepultado e ressuscitou ao 3º dia
mas a verdade é que era narcoléptico
apenas acordou de uma longa soneca e subiu aos céus onde
o azul e a música dos anjos chegam a aborrecer
e desde então nos presenteia anualmente
com fabulosos ovos de chocolate

todas as medalhas ao seu coração

para o meu pai, em sua memória

julgo carretel um tubo específico
objeto cilíndrico onde enrola-se linha, novelo, lã
ou aquele tipo de pessoa de fala acelerada
cujas palavras misturam-se como a linha que se perde
se embola num emaranhado de outras linhas enroladas
a ex-mulher do meu tio chamava meu pai de carretel
mas carretel se desenrola e agora o compreendemos
súbito como a morte de uma estrela que mantém
seu brilho anos depois de apagada
súbito ou fulminante como um mergulho gelado e o arrepio
segundo o dicionário fulminante é um adjetivo
oriundo do verbo transitivo fulminar
que significa despedir raios contra
assim como matar ou morrer instantaneamente
fulminante: se acaba com o raio
ou como um raio
assim sua vida acabou
fulminante
feito o galope louco de um cavalo
igual aos que ele adorava
montar nos anos da juventude
a participação no exército quando

a coisa estava bruta
um dia de louco, outro de santo

as horas gritam sempre no melhor momento
lembrar aumenta a saudade e a certeza
: é preciso um coração enorme
ter aprendido a amar muito
para acabar fulminante

cantiga de infância

para lílian cecília

às vezes parece que você comeu
e não gostou   coisas demais
às vezes eu sorrio para fingir que entendo
mas é só o encantamento   pelo som dos seus passos

como andar entre as caras atordoadas de sono
que não pregaram olhos na noite   de sábado em
festas & festas ou festas   em que não estivemos
e aqueles que acordaram cedo para trabalhar
ou irem à praia

faz tempo troquei minhas lembranças ruins por versos medianos
você cresceu como eu   e você é das poucas pessoas
que eu deixo tocarem meu cabelo grande
você sabe bem que os cabelos são extensões dos nossos corpos
                    e não objetos ao livre manuseio
mas fica à vontade para cantar e enrolar
os dedos nos meus cachos   fica à vontade para rir comigo
silêncio é não estar presente   por isso fujo do barulho
                    às vezes

são esses tempos modernos que me trazem coceirinha

de grandes histórias que só conheço pelos livros
por tua causa   ando a cidade como
estivesse em meu quintal
às vezes a voz sai rouca ou falha por causa dos cigarros

seu olhar alimenta o meu vício nos dias frios
mas lembra o segredo da vovó   de coser os dias mais belos
                como colcha de retalhos

avenida camarim

a travessia lenta
          como um velho trem
devia ser acompanhada por um sorvete
          protegido com as mãos
          na hora do rush

era um dia destinado a
          coisas estranhas
o ônibus passava lotado
a menina correndo para casa
          amarelada pelas fofoqueiras
          e a notícia do que fez
          depois da aula
          no horário do balé

tirei as mãos da calça
          para perder o controle
          do avião e das vozes
poupando o dia do sono

o rapaz do sonho passou ao lado
          fingindo pressa sem estar atrasado
          para conquistar buracos femininos
fingindo esquecer o que fez com os meus

caí no medo de acabar o chá
mas porque a noite vinha quente
          para possíveis diálogos
deixamos nossas costas na sombra
          para não naufragar a doçura
          do de repente
o meu cabelo
          estava cortado
& não consegui
          chamar sua atenção

estandarte

para cíntia oliveira, em memória do seu pai

diz que aqui na cidade é triste o ano inteiro
o que não podemos falar ou fazer
a paixão e o desvario

por isso inventamos o entrudo
com sua alegria de álcool na vida
e rapazes de saia e *glitter*

eu sou assim falam
um curativo no peito que não estanca
os dias bagunçados no mergulho
mancha de sangue que desenha
corações na gaze ultrapassando
o microporo da memória

há quem confunda tosse
com mau humor e repita
por trás de velhos óculos
: morremos um pouco a cada amanhecer
mas não se morre no carnaval
viramos purpurina

máscara também serve
pra colorir o choque
do acontecimento

lá em casa falam que se morre pouco
quando é festa e toda felicidade
vence a quarta de cinzas
a lembrança
o diálogo vira enredo

assim temos quem nos faça
a vontade em fevereiro
sem julgamentos
e as cantigas
daquilo que não é permitido
permitem a festa e a saia
e a memória do desvario

desterro

aos cinco eu só conhecia
aquele caminho de estradas convulsas
e temia as cigarras
cantoras de assombros noturnos

comum era a vida de alumbramentos diários
os diários preenchidos por sonhos de gigantismos
e todos os *–ismos*
das descontinuidades sem governo

mamãe não lia – cozinhava aos domingos
gritava ai ao machucar o dedo
enfeitando a casa pro estômago
[a inconfessável sanha
das noites de brincadeiras safadas
com meu pai]

gravei cada lençol sem poeira
arrisquei gargalhadas sobre
os saltos e tamancos e sob
o peso dos vestidos de mamãe
que eu usava escondido

cada som uma inutilidade
num mar de desejos infantis
a distância parecia pluma

[não havia o medo da cor
o medo do corpo
o medo da morte]

não aprendi muito até conhecer a rua
os rapazes e suas braguilhas
a falta de vírgulas no choro
& ainda restava um gosto seco na boca
quando viver era mais fácil que estar junto

no fim
só desenvolvi uma certeza
escrever é dedicar-se
ao esfaqueamento

estar vivo dói
e as unhas marcam
o tempo se acabando

secreto e não se fala

o vento repete
antigos segredos
despachados
na cachoeira

uma última vez

eles disseram
que eu não devia
contar pra ninguém
[nunca contar]

lavo
o coração
com mantras
milenares

limpo de
medos

agoniza
mas não morre

a propósito de piva

não fomos ensinados
ainda assim aprendemos
desossar com maestria as carnes
deve ser coisa da matéria
talvez destino dos que
possuem pouco tesouro
ou são sexualmente dissidentes
saber que é preciso acreditar

era assim na melancolia
das minhas primaveras passadas
os garotos do colégio
me davam nomes estranhos
alcunhas na intenção de fazer mal
imaginava ser ruim

assustava a perspectiva
da descoberta da sombra escolar
pelo pai enorme e rude
do desapontamento maternal
em ter um filho indesejado

até conhecer os anjos de sodoma

saber a beleza de baixar a guarda
ao público desconhecido
ter um dildo de estimação
os flancos em atrito
nas orgias

& ver agrado nas unhas pintadas
no cabelo grande
por vezes desgrenhado dos jovens
o falar manso e assoprado
o jeito que diziam ser
de puta e viado

estudos sobre o asè

I.

ainda que não enxergue
não tema
peça agò e siga
isto não é uma pergunta
é sobre o que está por toda parte
: ruído de portão de ferro
cadeado de madeira
a prece aprendida cedo
pra quando não souber abrigo

II.

nos mapas que possuo
o movimento
: saber desde sempre a companhia
o olhar solidário
as rosas afiadas da vida em cantiga
diz que um amor faz sofrer
e desamor faz chorar

III.

se eu pudesse ganhava
        a vida com palavras
trabalho mais digno
que o trabalho do homem
pelo lucro do homem
isto é uma pergunta:
        [?] trabalhar pra quê
        em excesso ou desvario
        de longas horas por dia
        que se trabalhar eu vou morrer

IV.

não há garantias
        mas caminha sem pressa
        na estrada no tempo
leva ao menos certeza
espera que agrade
        o pouco que escreve
presentes dados no mantra
        o sorriso
        à cigana
        a cor

V.

como um acrobata
cobra-coral que sibila
        na beira do mato
galo que canta na serra
        fazendo ecoar o brado
        o caboclo do cocar branco
eu penso em voltar a nascer
        na esperança de realizar
        grandioso ato
penso em render ofertas
que demonstrem a paixão

& ainda um adendo
: a vida só anda
                quando esù está cuidado
é pela minha boca que comem meus òrìsás
a lembrança do corpo inexato
a membrana invisível porém presente
que fortalece o meu orí
compõe a visão certeira
guarda a luz de olorum

máa bò ìyá, ìyá bò yá
omi jéjé ominíbù
máa bò ya, ìyá bò yá

ìyá ominíbù odóòmí rò
orísà ò yè yè

ewuji tete ominíbù
mabo ìyá
ìyá boyá

infecção

é fato:

afeto gruda
infecta
afeta

reagente

era viado
e todo viado
já fez o teste de hiv

FERNANDO IMPAGLIAZZO, praça pública

trinta minutos separam
o fim de uma vida
e o começo de outra

pulsando há quase trinta anos
meu coração fraqueja
por meia hora

pulsando no meio do calor
da manhã e do sol
debaixo da blusa
debaixo da pele
e da carne

meu coração vacila
entre um batimento
e os sons da clínica
a voz da enfermeira
o resultado inesperado

mas já não há medo em mim
o corpo é feito de água
para comportar melhor
as emoções

canção silenciosa[1]

toque nunca foi peste
nem pode restringir
acesso

penetração determinando
se rápido
ou curto
o vírus

em caso de incêndio
palavras conquistam
direito ao corpo

o vírus
canção silenciosa
ouvida por quem
se permite

[1] poema originalmente publicado na antologia tente entender o que tento dizer: poesia + hiv/aids, organizada pelo poeta ramon nunes mello, com ilustrações de felipe stefani, e editada no rio de janeiro (rj) pela editora bazar do tempo, em 2018.

hiv começa com h de humano

há uma coisa dentro de mim,
contagiosa e mortal, perigosíssima, chamada vida,
lateja como desafio.

HERBERT DANIEL

quem vive com hiv
antes de tudo vive
não é portador de um vírus
porque o vírus não é bolsa ou documento
que se pode portar e perder ou deixar se quiser
não é aidético porque não é a doença não é soropositivo
porque não é um soro usado em laboratório para detectar
[anticorpos
quem vive com hiv antes de tudo vive e vive como qualquer
[pessoa com
amores e dores e sonhos e conflitos não é um mal a ser extirpado
[não é um pecador
ou culpado a ser penalizado quem vive com hiv antes de tudo
[vive e pode viver sem
nunca desenvolver a temida síndrome da imunodeficiência
[adquirida e ainda assim
mesmo sem riscos mesmo que seja indetectável e intransmissível
[e use o seu efavirenz ou sulfato de abacavir ou use o seu
[dolutegravir sódico combinado
[com fumorato de
tenofovir desoproxila + lamivudina uma vez ao dia todos os dias
[no mesmo horário

quem vive com hiv parece ter um alvo no corpo para olhares
de medo ou pena ou reprovação que esquecem
que quem vive com hiv antes de tudo vive
que um vírus não é sinônimo de fim
mas abertura para outra coisa mortal
contagiosa e perigosíssima
chamada vida

jujubas

leia atentamente a bula
: o tivicay tem como princípio ativo o dolutegravir sódico
é um comprimido revestido de 50 mg que compõe
o esquema de antirretrovirais que atuam no controle
da infecção causada pelo hiv no organismo [não se usa
mais a palavra coquetel nem mesmo se utilizam coquetéis
de medicamentos] e muitas pessoas chamam seus tarvs
de jujubas como forma de aliviar o peso? talvez
embora viver não tenha peso algum

o dolutegravir não cura a infecção causada pelo hiv
mas reduz a quantidade do vírus no organismo
mantendo-a num nível tão baixo a ponto de
não mais progredir para doença ou de infectar
outras pessoas

o uso correto das jujubas promove o aumento
na contagem das células cd4
ajudando na manutenção do sistema imune
e no combate à infecção

as jujubas são disponibilizadas gratuitamente
pelo sistema único de saúde no brasil

assim como todo o tratamento e acompanhamento
pode ser realizado de graça e com qualidade
viver é uma escolha – ou uma oportunidade
para quem tem acesso à informação

MERCADO DAS CARNES

a minha pele preta é o meu manto de coragem
impulsiona o movimento
envaidece a viadagem

linn da quebrada, *bixa preta*

3 x 4

o homem negro é como o boi
não sabe a força que tem
se soubesse não levava
chicotada de ninguém

CARLOS DE ASSUMPÇÃO, é preciso que saibamos

viado, pobre e preto
fosse capoeira
seria madame satã

haikai do morro

atire

acertou é alvo
errou – bala perdida

a solidão

meu sonho
não é ter uma mulher branca
que me acuse de ter misturado
sua raça.

ADÃO VENTURA, meu sonho

todos eles elogiaram
a minha cor
o meu cabelo
o meu beijo

mas sumiram
no dia seguinte

sirè

os meus deuses
dançam comigo
extrapolam os poros da minha cor
renascem antepassados indizíveis
não julgam o meu amor

orò

ouço muitas vozes
em mim

ouço deus
e sua culpa

ouço meus ancestrais
e suas memórias

falo todas as vozes
que vivem em mim

vivem em mim
as vozes que não são ouvidas
o [en]canto de ósùn
a paciência de òsàlúfón

miss maier

para adelaide ivánova,
com quem aprendi o peso e a função do martelo

todos os homens querem nos maltratar
todos os homens querem ou vão querer nos maltratar

deve-se treinar o passo firme
a cabeça nunca abaixada
independência mais crua
os dentes tortos e a língua
com sotaque efeminado no interior da boca

sonhei que era vivian maier
o mundo pequeno frente à loucura dos outros
diminuído pela lente fria de uma *rolleiflex*

sonhei que era miss maier
e no momento seguinte uma
de suas crianças chorosas
ou um de seus miseráveis
na escuridão do dia americano

todos os homens querem nos maltratar
todos os homens querem ou vão querer nos maltratar
essa lógica acertada das ruas
os meninos perdem-se mais cedo mais rápido

custa coragem guardar todos os pertences
e memórias em caixas portáteis
ou assumir o cinza que nos veste

preciso deixar pistas para eternizar

um vício ou o verdadeiro prazer

toda mucosa
é perigosa
porque é
gostosa

DIMITRI BR, cuidado

a quem interessa o que eu meto no cu
se os gregos faziam
os romanos
se era pros indígenas comum
e pra muitos padres secretamente
ainda é

pode ser um dedo ou dois
ou outra parte do corpo
mais encorpada
no meu ou em outro
um pouco de língua
lambidas todo mundo quer
todo mundo tem não negue

por isso quebramos os armários
nossa pequena revolução
que permite ao cu a entrada
permite a explosão

recado

perceba o corte
geralmente produzido por materiais
                        perfuro-cortantes
geralmente intencional ou acidental
perceba o tiro
                        produzido pela bala
geralmente acidental
quase sempre intencional
perceba que há muito cantam
a carne mais barata
                        [a carne negra]
                                perceba
        as flores são revolucionárias
          nos sonhos contra canhões
que o amor constrói
mas apesar disso
não falta ódio
nesses dias
e eu acredito que *flower*
daria ótimo nome   carinhoso
pra uma ak-47
falta a real
                        condução metálica

dos vapores
instruções para a batalha diária
falta que tombem lá
tantos quanto fazem
tombar aqui

[no amor
ou] na guerra

a vida que escapa

tente você eleger nova arma
registrando o que não falam
evitam ver e olhar
o que é fraco teme endurecer

vi um cachorro atropelado
por um ônibus
o corpo magro no asfalto
aberto para a morte
pela pressa indesculpável
a cor em sépia do ecrã

um corpo foi derrubado
do trabalho na laje
o sangue escorrendo inocente
outro corpo preto foi chicoteado
nos porões de um supermercado
as luzes prestes a queimar a sanidade

a água escapando pelos dedos
fracos feito a vida
sem futuro a vida
arrastada nos dias
acinzentados pela fumaça

tenho procurado guardar o pouco
como a imagem da menina no colo
da mãe me olhando no ônibus
talvez represente algo
talvez as pedras
ensinem a não padecer

a flor e a náusea

é difícil esquecer as coisas
marcam o tempo da tempestade
espaço cômodo onde
o sonho carrega certa bondade
lembrança dos nomes sujos dos pais
no spc e serasa
dizia que aquilo nunca iria lhe acontecer
prometeu resistir à queda profunda
melhor arrancar os dedos, os dentes
substituir as unhas por navalhas
para ser contemporâneo
nada de culpa
então cresce e encontra o mesmo destino
do nome dos pais
a mesma impossibilidade de ultrapassar
as barreiras da cidade
cresce e sonha ser um grande poeta
mas só há um drummond
somente uma rosa do povo

os condenados da terra

quando me amam, dizem que o fazem apesar
da minha cor.
quando me detestam, acrescentam que não é
pela minha cor.

FRANTZ FANON,
pele negra, máscaras brancas

por aqui ninguém nasce preto
vai aprendendo a ser pouco a pouco

quando numa loja o segurança é a sombra
quando olham torto pro seu cabelo
quando entre os amigos
você é o estrangeiro

por aqui ninguém nasce preto
vai aprendendo a ser

a cada tiro que ouve na rua
a cada pessoa que muda de calçada
a cada branco que corre na madrugada

a gente demora a entender que é preto
precisa olhar fora
pra ver o que há dentro

memórias da plantação

a partir de grada kilomba e bell hooks

eu poderia elaborar artifícios
usar a raiva na criação dessas imagens
dizer que o trem que singra os trilhos da cidade
é como os navios que trouxeram
os meus antepassados de áfrica
a mesma precarização humana
que nos leva e nos traz abarrotada
de olhares sonolentos como os meus de todos os dias
de cânticos de vendedores e conversas morosas
mas esses trilhos não são mares
são lembranças da margem
lembretes de que estamos fora
e sobre os trilhos para
chegar onde não podemos entrar
ser quem não somos
maneira particular de ver
de fora para dentro
dizem que a escravidão acabou
esquecem que ainda é a mesma cor
que sustenta a burguesia

ou eu poderia, quem sabe
falar de psicanálise
inventar ou relembrar simbolismos
e citar referências
descrever os cheiros maciços do espaço inteiro
os produtos achados ou roubados
vendidos ainda na validade
porém quase fora
estabelecer uma hierarquia
interna dos ocupantes sentados
e dos que vão e voltam em pé
na porta dos vagões ou não
mas escolho outro caminho
ainda mais inquietante
escolho o malabarismo urbano
que ainda não aprendi a manejar
a marginalidade não como perda e privação
mas resistência e radicalidade
a aptidão humana em se reinventar

os devassos do paraíso

eu poderia pensar em muitas formas de começar
pensar na reinvenção humana pelo discurso
tentar quem sabe um poema de estrutura mais rígida
a divisão em versos secos   a contagem das sílabas
ou outro em tom ensaístico   quem sabe
a melhor forma para falar sobre o passado e sobre
os modos como o passado se espraia em nosso presente
a melhor forma para falar   sobre os devassos do paraíso
                    aqueles mesmos do livro homônimo de joão silvério trevisan
penso no começo como a marília garcia em seu *um teste de resistores*
ela diz que   *esse começo poderia ser um movimento ainda sem direção*
que vai se definindo
durante o trajeto
e marília me questiona   *o que seria um começo?*
[?] o começo deve se dar pelo início ou pelo fim   tanto faz a ordem
ou mesmo a inexistência de uma ordem   desde que se diga a mensagem
não importa o começo   importa a mensagem
a marcha segue há muito   não começou em *stonewall* com as *drags*
[embora marsha p. johnson e sylvia rivera sejam lendas inesquecíveis]

nem com as bichas brancas brasileiras em 1978 com o *somos* e o *lampião*
lutamos pelo nosso amor desde que o tempo é tempo
desde antes de o discurso religioso nos chamar de pecadores
desde antes de o discurso médico nos descrever como doentes
desde antes de o discurso jurídico nos criminalizar
a nossa alma é livre e não se encaixa nos padrões compulsórios
da ordem dos binarismos
não estamos à venda num mercado
para compra, assassinato e descarte

segundo um relatório emitido em 2019 pelo *grupo gay da bahia*
a cada 20 horas uma pessoa lgbti+ é morta de forma violenta
ou se suicida no brasil
o que faz do nosso país o campeão mundial de crimes
contra as minorias sexuais e de gênero
o mesmo país que perde nas copas
[o que sabia fazer de melhor e hoje é chacota]
ganha na disputa pelo título de maior assassino do mundo

o brasil também é o país que mais mata travestis & transexuais
& pessoas não-bináries de todo o mundo
aqui matam-se muito mais nossos corpos do que nos 13 países do oriente e áfrica
onde há pena de morte contra as pessoas lgbti+ &
tais mortes
cresceram em nosso país nos últimos anos
: de 130 homicídios em 2001
o número saltou para 260 em 2010

e 445 mortes em 2017
todos esses números têm nomes
todos esses nomes tinham família
amigues
amores
vivemos uma realidade de extermínio

ironicamente [ou não] o brasil é também
o país onde mais se consome pornografia trans no mundo
para bruna benevides este é *o paradoxo de viver entre*
o desejo e o ódio em relação às travestis e transexuais
isto se deve a um processo histórico de hipersexualização do corpo trans
lido como fetiche e fantasia objeto de desejo mas desmerecedor
de afeto ou envolvimento o que iria contra a macheza do homem
que teme ter sua heterossexualidade contestada mais uma marca da lgbtifobia

lgbtifobia é uma maneira ampla de certa forma genérica
de se referir à homofobia
palavra da década de 1960 derivada do grego que significa
: medo ou terror de iguais
um problema histórico em terras tupiniquins
& sua cultura assentada na heteronormatividade
que se pretende compulsória e normatizadora
assentada no colonialismo e no patriarcado e sem dúvida no capitalismo
e no racismo

aqui no sul as opressões se conjugam
querem dizer o que é normal & o que não for assim
[o que não é cis e heterossexual]
é condenado à morte que se pretende exemplar
com requintes de crueldade e múltiplos golpes, instrumentos e tortura
posso elencar
: espancamentos tiros pedradas
facadas pauladas esquartejamentos
asfixia incinerações humilhações corporais
nossas vidas acabam definidas exclusivamente pelo conflito
nossas vidas acabam vividas quase exclusivamente no conflito
como o conflito estabelecido com a ordem vigente de gênero e sexualidade
– do qual nos orgulhamos –

os dados oficiais registram que mais de 1,6 mil pessoas foram mortas brutalmente
pela lgbtifobia no país da igreja universal e dos presidentes golpistas e neofascistas
nos últimos quatro anos & sendo preto, bicha e pobre
as expectativas
de vida são ainda menores
linn da quebrada canta o que vive e diz
é o sangue dos meus correndo pelas marginais
é sempre o nosso sangue na rua

a placa de censura diz que não somos recomendados ouço cantar

mas não estamos à venda num mercado para compra, assassinato e descarte
a nossa alma é livre o nosso amor também
aceitamos a alcunha da devassidão & por ela fazemos o nosso paraíso
inventamos discursos e por eles fundamos a vida e novos começos
lembro-me de zazá que em 1938 escreveu

estou com 24 anos e estou envelhecendo antes do tempo
por cumprir o meu destino e sentir o que as mulheres sentem
o prazer de gozar com o membro do homem
o membro que ainda adoro como adoro a minha liberdade

zazá foi um prostituto nascido no ano de 1914
em são carlos, são paulo, que chegou ao rio em 1931 aos 17 anos
podemos conhecer a sua história por meio do livro
estudo biográfico dos homossexuais (pederastas passivos) da capital de são paulo
de edmur whitaker
zazá não conheceu o alvorecer da nossa época não conheceu a nossa liberdade
mas viveu as mesmas sombras que ainda nos cercam

releio minhas notas e revisito o passado nunca houve um tempo como agora
no entanto me lembro do dia da apuração dos votos
da eleição presidencial de 2018 me lembro que da janela do apartamento

em que eu estava pude ver e ouvir os fogos da
comemoração
foi como se o ar parasse & o ar continua sólido
2018 parece hoje um gps quebrado
bússola sem sentido
portal que nos levou ao passado

persistir tem sido verbo muito usado assim como
resistir
por isso importa a mensagem e não o começo importa o
grito
soubesse que era assim não nascia brasileiro & talvez seja isso
o que nos falta
um pouco mais de ódio a mensagem repetida
à exaustão
outra forma de dizer que não estamos à venda num
mercado
para compra, assassinato e descarte
somos força permanente o corpo bicha feito bomba
contra os índices
e as estruturas

vim aqui só pra dizer
ninguém há de me calar
se alguém tem que morrer
que seja pra melhorar

geraldo vandré, *réquiem para matraga*

*

I.

adriano da silva pereira [adriano cor]
alexandre ivo
angilberto sabatino da silva
antonio francisco ribeiro
brandon teena
brenda lee
bruna torres
carlos hestefânia
carlos lugo
cedric madala
cleberson vicente vieira
cleyton patrick de oliveira nobre [xaquira]
crismilly pérola [piu piu]
dandara dos santos
elicris muniz da silva
eliomar porfirio de godói [léia]
erick silva
fabrício silva [baba]
gabriel avanzi
gabriel carvalho
harvey milk

índio tibira
itaberli lozano
jair gomes figueiredo
jeff pinheiro
joão antonio donati
josé ribamar ribeiro
kooeh nikolly silva
laura vermont
lourinaldo ribeiro
lucas fortuna
márcia shokenna bastos da silva
marsha p. johnson
marielle franco
matheusa
matthew shapperd
nô pedrosa
paola bratho
plínio lima
rafael barbosa de melo
roosevelt antônio chrysóstomo de oliveira
roberta da silva
thais giedry borges dos santos
wagner riberio

II.

ágatha félix
amarildo dias de souza
breonna taylor

carlos eduardo da silva de souza
cláudia silva ferreira
cleiton correa de souza
dandara
dyogo coutinho
evaldo dos santos rosa
gabriel alves
getimbrina [mariasinha]
george floyd
henrico de jesus
joão pedro
kauê ribeiro
kauan peixoto
kauã rozario
kethleen romeu
lucas albino
lucas monteiro
malcom x
marcos vinícius da silva
margareth teixeira
marthin luther king
miguel otávio santana da silva
pedro gonzaga
roberto de souza pena
tiago freitas
wesley castro rodrigues
willian augusto da silva
wilton esteves domingos junior
zumbi

III.

benditos deveriam ser os frutos
dos ventres de nossas mães
[nós]
e elas benditas todas entre as mulheres
sem chorar o que se perde
e se repete desde os tempos coloniais
: nossas vidas sagradas
dessacralizadas por conta dos nossos amores
dos nossos corpos das nossas cores

eu busco suturar as feridas do mundo
olhar o escuro no que se quer claro e sobreviver
mesmo com as vértebras quebradas
mesmo que se façam cegos e não queiram ver
e se estou no mundo
sinto as dores do mundo

quando um preto é morto eu penso
poderia ser eu
e ainda pode
quando uma bicha é morta eu penso
poderia ser eu
e ainda pode

IV.

na segunda semana de agosto
o famoso mês do desgosto
do ano de 2019
em menos de 80 horas
a polícia militar do rj matou seis jovens
pretos
pobres
da periferia
o estado mata
mas nós seguiremos vivos e vivas
mesmo com oitenta disparos
nos carros de nossas famílias
mesmo com os corpos de nossas mães pretas
arrastados pelas roupas em vias públicas
mesmo que eles confundam nossos guarda-chuvas
chuteiras
bíblias
com armas
mesmo com homens e mulheres matando
quem ama diferente
eles que deveriam nos dar amor
                    [os nossos pais]
mesmo que nunca achem o amarildo
mesmo que nos enforquem e açoitem
em supermercados
mesmo queimando a nossa história

V.

no dia em que mataram a marielle
eu chorei como nunca
lembrei-me que você disse que estaria aqui
como quem fazia profecias ou
previsões na água suja das poças
da sua rua sem calçamento

no dia em que mataram a marielle
eu me lembrei que você dizia
que podemos fazer tudo quando queremos
como alguém que sabia o que falava
porque lia muita autoajuda

no dia em que mataram a marielle
choveu forte e o céu trovejou escuro
parecia não vir mais luz
e você não estava comigo
e eu pensei em desistir

mas no mesmo dia em que mataram a marielle
um pouco mais cedo
nasceu uma flor nova
no jardim de casa que há
tempos eu não cuidava
anunciando a vida forte das lutas

VI.

é fácil perceber a atuação das forças
única necessidade são os olhos abertos
os ouvidos atentos
tudo dói tanto
tanta provocação e sombras nas bocas
mentiras que sabemos serem mentiras
nos transpassam e queimam rápido
a vida não deveria ser feita de mortes

pensamos em fugir
mas nossos corpos carregam o alvo
que vacila de localização
move-se do estômago
para a testa
para o peito
para as costas
qualquer região inteiriça
da nossa forma
pode ser alvejada
numa curva de esquina

procure no google:
o brasil tem 180 homicídios por dia
e 75% são de pretos e pretas

além da cor da pele
a idade e a sexualidade contribuem

para que uma pessoa seja assassinada
morrer entre 15 e 29 anos no país
é fenômeno denunciado longamente
mas sem respostas
permanece o som do telefone ocupado
desligado
fora de área
os e-mails não respondidos
o silêncio das autoridades

33.590 jovens foram assassinados em 2016 no brasil
sendo 94,6% do gênero masculino
e mais de 3,4 mil homossexuais foram mortos
no brasil em 10 anos

poderia ter sido eu
e ainda pode

VII.

os antigos diziam que para morrer
basta estar vivo
acredito que para morrer
no brasil
basta ser pobre, preto e viado

nossos destinos estão impressos
e traçados por homens que dizem

que temos que ser abatidos
que nossos cadáveres estão no colo
dos defensores dos direitos humanos
afinal – quem é humano?

VIII.

segundo estatísticas globais sobre o hiv do ano de 2020
38 milhões de pessoas em todo o mundo estavam vivendo
com hiv até o final de 2019

entre 2007 e 2020, 49,2% de homens pretos
descobriram-se vivendo com hiv no brasil
contra 41,7% de casos entre homens brancos
eu descobri a minha sorologia no dia
01 de fevereiro de 2021
um dia antes do dia dedicado à yemojá
e talvez se não fosse por esse òrìsá
eu não teria o abrigo que tive
nos braços da minha mãe

a aids ainda assusta
ainda mata
pouco depois que me descobri positivo
o meu vizinho –
com quem cresci
e que tinha a mesma idade que eu –
um homem cis, hétero e branco

morreu em decorrência de complicações
causadas pela aids
talvez ele não soubesse
talvez ele soubesse e não aceitasse

naquele dia, em minha cabeça ficou
se repetindo o mantra
: poderia ser eu
mas não será

as mortes por aids diminuíram 60% desde 2004
o meu prazer não é nenhum risco de vida
a ignorância é o verdadeiro vírus
o preconceito, a verdadeira doença

IX.

pensemos também nas mulheres
como crianças mudas e telepáticas
as mulheres brasileiras reféns
dos umbrais machistas

em 2018 tatiane foi agredida por mais
de vinte minutos por seu companheiro
antes de ser morta e jogada da janela
do seu apartamento

os vizinhos chamados como testemunhas
para depor disseram terem ouvido gritos

e ligado para a polícia pedindo socorro
nada mais fizeram

dizem que em briga de marido
e mulher não
se mete
a colher

isso é cumplicidade
é assumir-se culpado
e ter as mãos sujas de sangue

heleieth saffioti já dizia
que em briga de marido
e mulher
se mete sim
a colher

X.

eu vi os possíveis expoentes da minha geração
alguns dos melhores meninos da minha infância
serem mortos nas ruas do bairro
sem qualquer perdão ou oportunidade de canto

aqui o mundo não imita a arte dos filmes
talvez apenas a ficção de josé padilha
ou kleber mendonça filho

o batismo das madrugadas como
nas bebedeiras de carnaval
eu sinto falta do carnaval
do sorriso que não cansa
embora falte certa gentileza ou sinceridade

embora tudo se transfigure e seja sagrado
não são sagradas as ruínas das casas abandonadas
das periferias da cidade
dos quintais e terrenos baldios tratados
como *playgrounds* para aventuras de fumos
e orgias forçadas com os meninos mais novos
ou ainda banheiros improvisados de motoboys
que cortam o dia a dia e sempre caem de pé

se aqui fosse uma fazenda
perderíamos as plantações
o trabalho de todo o ano
para as pragas e enchentes
se fosse um porto
teríamos relatos diários de naufrágios
ou do avanço do mar sobre a terra
vacância de raízes com o mundo e sua alma

pode-se recorrer à bíblia para ter certeza
embora não seja preciso fé em coisa alguma
para saber como somos responsáveis
pelo que nos tornamos
culpados por termos arrancado as flores

silenciado as rosas sem amá-las
adequadamente
embora possamos negar cristo
com nossas invenções religiosas particulares,
diz:

em tudo somos atribulados,
mas não angustiados;
perplexos, mas não desanimados.
perseguidos, mas não desamparados;
abatidos, mas não destruídos;
trazendo sempre por toda a parte
a mortificação do senhor jesus no nosso corpo,
para que a vida de jesus se manifeste
também nos nossos corpos.

XI.

eu vi os possíveis expoentes da minha geração
legados à própria sorte isenta de figuras paternas
de afetos compartilhados e poéticas genuínas
lembro do menino que conhecia
e frequentava os meus reinos
seu nome estranho já perdido pelos anos
lembro do seu rosto hoje sem vida
ele sorria largo os dentes grandes
escondendo a saudade do pai
ignorando as bebedeiras da mãe

fôssemos ainda pequenos alguém
me diria que deus o levou
por sorte nunca acreditei num deus branco
machista e cruel
prefiro a certeza de òrìsànlá
saber que sua é a casa onde
todos nos encontraremos
ou mesmo a mãe de deus
que nos acolhe por ser mulher
e unicamente por isso
a verdadeira face que nos observa

como diz a prece para santa maria
ela não nos leva no fim
mas roga por todos nós
agora e na hora de nossa morte

oní sáà awùre
sáà nla asè
oní sáà awùre
ó bèrí omòn
oní sáà awùre
sáà nla asè, babá
oní sáà awúre
ó bèrí omòn

■ primeira edição
■ julho de 2022